Klaus Bender

Schüttelreime und andere Spitzfindigkeiten

Klaus Bender

Schüttelreime und andere Spitzfindigkeiten

2. Auflage 2004

FISCHER & FISCHER
MEDIEN AG

Bibliografische Information Der Deutschen Bibliothek
Die Deutsche Bibliothek verzeichnet diese Publikation in der Deutschen Nationalbibliografie; detaillierte bibliografische Daten sind im Internet über http://dnb.ddb.de abrufbar

2. Auflage 2004

MEDIEN Aktiengesellschaft
Orber Str. 30, D-60386 Frankfurt/Main

Schriftart: Helvetica 12°
Herstellung: Satz***A****telier* Cavlar / NL
Printed in Germany
ISBN 3-89950-004-0

Im Gedenken an einen langjährigen Freund,
den Organisten Professor Hans Otto,
der das virtuose Orgelspiel ebenso beherrschte
wie das witzige Wortspiel.

Stunden, da der Unsinn waltet,
sind so selten, stört sie nie!
Schöner Unsinn, glaubt mir Kinder,
er gehört zur Poesie.

Unbekannter Verfasser (um 1860)

Inhalt

Kunstbetrachtungen

Aus vielen Fabeln wissen wir, welche Tiere von den Dichtern besonders geliebt wurden, dagegen weiß man kaum, welche Dichter von den Tieren besonders geliebt wurden.

Hühnervolk und Dichterliebe

Den Körner alle Hühner kennen
als Lieblingsdichter kühner Hennen.
Das Streitgefecht um Heine-Körner
(zum Kampfe riefen keine Hörner,
weil Hühner keine Hörner kennen)
entschieden klar für Körner Hennen.

So lieben dich, du kühner Heine,
heutzutage Hühner keine,
und weit und breit gibt's keine Hennen,
die den Namen Heine kennen.
Den Vorzug jenem Herrn sie gaben,
den zum Fressen gern sie haben.

* * *

Faust und Gretchen

Berührt vom Reiz der gar so holden,
den Grübchen und dem Haar so golden,
von ihrer Schönheit gleich berückt,
ward er mit Liebe reich beglückt. –
Sie mußte für die Grübchen büßen,
als »Faustpfand« ließ ein Bübchen grüßen!

* * *

Was nützt es, wenn der Mensch an sich gut ist, an andern aber schlecht?

* * *

Die Operndiva

Sie hatte prächtig lange Kleider,
doch Töne schrill im Klange leider,
sang lauthals von Verlassenheit,
ihr sei nun Lieb' und Hassen leid.
So sehr ging ihr der Schmalz zu Herzen,
daß ihr begann der Hals zu schmerzen.
»Komm Tod«, hob das Gewimmer an,
man wartete nur immer: Wann!?

* * *

Über angebliche Dummheit von Tenören wurde schon viel geschrieben, wird aber von den Tenören, die lesen können, hartnäckig bestritten.

* * *

Musiktherapie

Leberleiden haben Leute,
die lasterhaft sich laben heute.
Bei Aufenthalt in Heilanstalten
kann Besserung dann steil anhalten,
wenn zur Kur Gesänge klingen,
Patienten »Freischützklänge« singen;
denn Therapie durch Weberlieder
regeneriert die Leber wieder.

* * *

Kein Wunder, daß manche Musik nichts taugt, wenn so viele Noten Hals über Kopf hingeschrieben werden.

* * *

Ritas kleine Nachtmusik

Ihr Freund, der macht Musik nachts,
und diese Nachtmusik macht's,
daß sie sich wünscht ein eigen' Zimmer.
Dort würde sie ihm zeigen immer,
wie man spielte zu vier Händen,
auch wenn sie kein Klavier hier fänden.

Erotisches

Hätte Sigmund Freud nicht die Erotik im Unterbewußtsein psychologisch ergründet, wir wüßten bis heute nicht, was uns daran so gut gefällt.

* * *

Casting

Sie wollte, daß im Rampenlichte
auf sie man alle Lampen richte,
und nur auf sie, Simone, achte,
weshalb sie »oben ohne« machte.
Die Reize nackter Leiber, wißt,
sind Ursprung aller Weiberlist!

* * *

Erotikfilm

Kehrt doch stets das Gleiche wieder,
nackte, weiblich weiche Glieder,
ein Text, der sich mit Zoten quält,
ein Sender, der die Quoten zählt.

* * *

Das kleine Sparpaket

Die nie was auf Verhütung gaben,
mehr Kinder als Vergütung haben,
denen legt ein Ökonom da
zur Verwendung das Kondom nah.

* * *

Für die verhütende Frau ist ein Frosch im Hals die ökologische Variante, um vom Klapperstorch nicht ins Bein gebissen zu werden.

* * *

An mein fleischiges Lieschen

Geliebte Liesel, du bist eine Kecke,
mit Formen so rundlich, am Leib keine Ecke,
und Schenkel, die wahrlich nicht klein beide,
sitzen ganz prall dir im Beinkleide!
An Größe zwar hast du nur unteres Maß,
doch bist du dabei ein ganz munteres Aas!
So habe ich immer gewußt, Liese,
du kommst noch zu mir auf die Lustwiese!

* * *

Sonnenbräune

Bei FKK, ganz netto pur,
hat Kleidung man in petto nur.
Erfahrung, die am Strand gereift,
zeigt, man bleibt sonst randgestreift.
Kein Mensch kann hier im Lande sagen,
wie viele so im Sande lagen,
doch freilich aus der Nonnen Sicht
darf man nackt sich sonnen nicht.

* * *

Frühlingsgefühle

Zeigt's Wetter dann und wann sich milder,
zeigt so mancher Mann sich wilder!
Schon tummeln sich am Teich Nudisten,
vielleicht siehst auch den Storch du nisten.
Ein Keiler sucht sein Glück am Stausee,
hofft sehnlichst, daß dort eine Sau steh',
und Hundepärchen, heiß und läufig,
lieben sich jetzt leis und häufig.
Nur ich tu' mich tatsächlich schwer,
bin frühjahrsmüd' und schwächlich sehr.

* * *

Manchen Autoliebhabern liegt mehr an der Knutsch- als an der Knautschzone.

Mensch und Tier

Läßt's dem Schreiber keine Ruh', ob wirklich er was Gutes schafft, er wende sich dem Tierreich zu, dann schreibt er immer fabelhaft.

* * *

Frustrierter Eisbär

Anstatt daß sie nach Liebe trachte,
die Bärin seiner Triebe lachte!
Vergrämt schwamm er zur Eisscholle
und dachte bei sich: Scheißolle!
Womit wir nun im Bilde wären:
So menschlich fühlen wilde Bären.

* * *

Bedenken einer Stute

»Der Hengst mich dauernd lüstern neckt
und gierig sich die Nüstern leckt!
Ob gut ich mit dem Gaul fahr?
Am Ende ist er faul gar!«

* * *

Aus der Landwirtschaft

Mit Leib und Seele Schweinemäster,
und selber dick ist meine Schwester.
Als Ausgleich dafür hält mein Schwager
sich wenigstens ein Hausschwein mager.

* * *

Virtuosen im Zoo

Der Lamahengst ist Spitzenreiter,
am Gatter durch die Ritzen speit er;
indem die Zunge spielend zuckt,
er auf Besucher zielend spuckt!

* * *

Zweckentfremdung

Als Hausratten
es raus hatten,
daß Staubecken
im Bau stecken,
zogen sie an Lattenrändern
hin zu neuen Rattenländern.
Moral: Es dienen Lattengerüste
mitunter auch für Rattengelüste.

* * *

Großer Mist

Es fliegt ein zahmes Amselmännchen
frei durchs Haus von Mamsell Ännchen,
und Kot von diesem Männchen ist
ein Ärgernis für Ännchen. – Mist!

* * *

Feuerwehrleute haben zu manchen Tieren ein gestörtes Verhältnis, besonders zu Glühwürmchen, Rauchschwalben, Feuersalamandern und Brandgänsen.

* * *

Der Hundefeind

Auf seiner Wiese laufen hieß,
daß Nachbars Mops hier Haufen ließ. –
Zuletzt sah man zwei Moppel dort,
das Ende war ein Doppelmord!

* * *

Perlen vor die Säue

Das Warzenschwein (auch: Beulensau)
weiß nichts von Kunst und Säulenbau,
doch ich mach' über Zierpfeiler
kunstvoll einen Pfierzeiler.

Nachwuchsprobleme

Eingriffe in ursprüngliche Lebensformen haben schwere Folgen. Man hat die Kannibalen bekehrt, und schon droht der Erde Überbevölkerung!

* * *

Der goldene Reiter

Wie war der Sachsen Boß schlau
und stark nicht nur im Schloßbau!
Wer nennt all die Namen doch
jener vielen Damen noch,
der Gräfinnen und Kindermädchen,
die Cosel und nicht minder Kätchen,
die er geliebt in Tracht und Prunk
bei Festen voller Pracht und Trunk? –
Teils weniger, teils mehr verehrt,
hat stark die Sachsen er vermehrt.

* * *

Geschüttelte Definition

Wenn jemand ein im Windelkissen
ausgesetztes Kindel find't,
und niemand will vom Kindel wissen,
so nennt man es ein Findelkind.

* * *

Fünf Kinder waren die Quintessenz seines Lebens.

* * *

Typgemäß

Die Jeans mir, fand ich, sei'n gemäß,
wenn sie speckig und geflickt,
von Spritzern fleckig und gespickt,
straff umspannten mein Gesäß.

* * *

Das Leben als Penner hat auch seine Reize, z.B. starken Juckreiz.

* * *

Lästiger Besuch

Klein Erna verschämt in die Ecke floh,
ihr Sessel zeigt deutliche Flecke, oh!
Die Mutter ruft klagend: »Ach nicht doch,
daheim vorhin war sie ganz dicht noch!«
War man zuvor sich noch zugeneigt,
hat dann sich Verstimmung im Nu gezeigt. –

Den Hausherrn ärgert es innen sehr,
so spricht nach längerem Sinnen er:
»Tut euch nicht das Sitzfleisch am Hintern weh?
Ihr wollt wohl noch hier überwintern, he!?«
Moral: Wer Höschen samt Sesseln netzt,
als Gast sich leicht in die Nesseln setzt!

* * *

Die Natur gleicht vieles aus. Wer eine schwache Blase hat, hat vielleicht eine starke Brille.

* * *

Teenies

Ich seh' sie in der Nachtbar immer
und habe da so meine Ahnung,
die Lehrer fänden's achtbar nimmer,
das gäbe sicher eine Mahnung.

* * *

Bücher dienen verschiedensten Zwecken, zur Dekoration, zum Unterlegen, zum Feueranzünden usw. – Ein Sonderfall sind sogenannte Lesebücher.

* * *

Verdruß

Der Ralf, in Mathe nicht gelehrsam,
(sein Trieb zum Lernen war da sehr lahm)
wollte nicht als Hausaufgaben
Tabellen von Herrn Gauß aufhaben.
Er fand, was man da wissen müßte,
er durchaus auch zu missen wüßte.

* * *

Mathematik jedoch schult das logische Denken, z.B. bedeutet der Begriff Pünktlichkeit: genau auf den Punkt.
Der Punkt aber ist die kleinste geometrische Einheit, daher sind 10 Minuten zu früh fünfmal »unpünktlicher« als 2 Minuten zu spät.

* * *

Lieber mal hilflos in der Grundschule, als grundlos in der Hilfsschule.

* * *

Masochistische Größe

Es gaben ihm schon Lehrerhiebe
ein Gefühl von hehrer Liebe,
als ob er Großes hier erlebe,
sich wie König Lear erhebe,
nicht kleinlich seine Habe liebe,
sondern sich am Hiebe labe
und so die große Liebe habe.
Müßt' er je von Hiebe lassen,
würde er die Liebe hassen.

Gestern und heute

Gottesbeweis: Kein Luxusschiff der Welt bietet Garantie gegen Seekrankheit, aber jedes Kirchenschiff!

* * *

Vermißt

Bei Reisen zu Wasser schon oft wer verschwand,
ward angespült manche Touristenleiche.
Penelope einst den Verlust schwer verwand:
Verschollen Odysseus, der Listenreiche!

Ihr Lebenslauf schien unabwendlich zu enden,
da gaben die Götter als weise Retter,
gewillt, dieses Schicksal nun endlich zu wenden,
zur Heimkehr ihm günstiges Reisewetter.

* * *

Lieber über See kreuzen, als überkreuz sehen.

* * *

Ritterliches Credo

Bin Minnesänger und bin Zecher,
ich leere durstig den Zinnbecher
und singe und spiele mit Fiedel zur Leier
den lieblichen Frauen ein Liedel zur Feier.

* * *

Der streitbare Ritter

Mit Wein und Minne macht er Schluß,
wenn zu Kampf und Schlacht er muß,
will hohen Lohn als Sieger kriegen,
nur kann nicht jeder Krieger siegen.

* * *

Was für Ritterhelden die Lanze, war für Stummfilmhelden die Torte.

* * *

Der Ritter Rast

Sie hielten voll Durst nach der Fehde Rast.
Bald trunken verstummt ihr Gerede fast,
auch standen sie nicht mehr gerade fest,
und so blieb vom Wein nur der fade Rest.

* * *

Der Reformator

Hat kraftvoll so manchen Choral gesungen,
von Zweifeln in Klosters Zelle gequält,
in seelischer Not und Drangsal gerungen,
für ihn hat des Zweifels Quelle gezählt!

Zu Wittenberg, Worms oder Eisleben,
durch aufrüttelnd mannigfaltiges Wort,
mutig im Streite, nicht immer leis eben,
setzt’ er sein Werk, sein gewaltiges, fort.

* * *

Sektenvertreter betreiben Werbung wie Hausierer, nur mit dem lieben Gott anstelle des Staubsaugers. – Man sollte nur denen sein Ohr leihen, die mit Geliehenem schonend umgehen.

* * *

Zum Gedenken

Du mußtest nicht reich und von Stand sein
und brauchst auch kein Denkmal aus Sandstein.
Ich schaffe ein bess're Vermächtnis dir:
Lebendig bleibst du im Gedächtnis mir.

Aus dem Arbeitsleben

Ähnlich den Mönchen wird das Leben der Kleingärtner bestimmt von Beeten und Arbeiten.

* * *

Bewegungstherapie

Trachte nicht nach Kartengunst,
sondern mehr nach Gartenkunst!
Bück' dich, mach den Rücken krumm,
nicht mit Fleiß beim Jäten sparen,
dann läufst du nicht mit Krücken rum,
bleibst gesund in späten Jahren.

* * *

Berufsschäden

Ein Donkosak, von Rang Rittmeister,
war beim Heer, und damit reist er.
Nicht mittendrin nur reist er mit,
nein, an der Spitze meist er ritt!
Doch krümmten sich die Hacken sehr
durchs Reiten im Kosakenheer,
und beim Galopp im weiten Rund
wards Hinterteil vom Reiten wund.

* * *

Um sich auf seine »vier Buchstaben« setzen zu können, muß »ch« **ein** Buchstabe sein.

* * *

Haarelixier?

Garant, daß man nie eine Glatze hat?
Man will sie vermeiden und hat se glatt.
Das Schicksal, ein Münzwurf mit »Kopf oder Zahl«,
formt sich den Menschen mit Zopf oder kahl.

* * *

Kosmische Kur

Fühlt der Mensch sich erdenschwer,
und leidet an Beschwerden er,
wird er künftig ferngesteuert
ins All zu einem Stern gefeuert;
kann dort frei von Schwere leben
und leicht beschwingt ins Leere schweben . . .

* * *

Aus der Steiermark

Der gewichtig starke Meier
verkaufte Ware Marke »Steier«,
doch Schilling, D-Mark, Steiermark,
das verwirrte Meier stark.

* * *

Bei fliegenden Händlern ist ein »fliegender Teppich«-Händler immer deutlich im Vorteil.

* * *

Tippfehler

Ganz gleich, ob eng-, ob weitzeilig,
man vertippt sich zeitweilig.
Die Schreibmaschine schilt nie dämlich,
richtig schreiben kann die nämlich!

* * *

Kritik ist, wenn irgendwer einen andern kritisiert, Selbstkritik ist, wenn ich selbst einen andern kritisiere.

* * *

Wenn Menschen sich nicht riechen können, hilft auch kein Parfüm.

* * *

Tips für Redner

Sprich nicht zu schnell und hitzig weiter,
sei deutlich, auch mal witzig, heiter,
die Diktion sei rein und klar,
Versprecher möglichst klein und rar.
Ist jedoch der Rede Inhalt
bedeutungslos und ohnehin alt,
sprichst du lang und umständlich,
dann sei lieber stumm endlich.

* * *

Nirgendwo geht es so geistreich zu, wie auf spiritistischen Sitzungen.

* * *

Symbolik

Oft im Dunkeln tappen wir
beim Sinn von manchem Wappentier,
jedoch bei einer kleinen Schar
soll hier der Sinn erscheinen klar:

Beruf	–	**Wappentier**
Postbote	–	Brieftaube
Tischler	–	Holzbock
Klempner	–	Rohrdommel
Archäologe	–	Wühlmaus
Bankdirektor	–	Goldhamster
Bauunternehmer	–	Planierraupe

* * *

Eine Fliege schwamm im Sekt, nahm dabei doch keinen Schaden, schließlich ist es ganz korrekt, als Insekt in Sekt zu baden.

* * *

Essen und Trinken

Lieber deftige Speisen zu kleinen Preisen, als deftige Preise zu kleinen Speisen.

* * *

Trennkost

Gibt's gut verteilt zu kauen, dann
der Mensch auch gut verdauen kann.
Und mancher sich zum Trost erkennt,
daß schlank macht, wenn die Kost er trennt.

* * *

Baumkuchen?

Für des Konditors Kuchenbaum
taugt Sägemehl von Buchen kaum,
weil Kundschaft, die auf Kuchen baut,
kein Gebäck aus Buchen kaut.
Gibt's Zutaten von Fichten? Nein,
das schmeckte auch mitnichten fein.
Es hat ein Stamm als Form genügt,
der Inhalt sich der Norm gefügt,
und Kunden sowie Bäckern schmeckt
der Baum, den man Feinschmeckern bäckt.

* * *

Verwechslung

Der Bergmann Franz verstand auf Nachtschicht
die Arbeitsordnung dort im Schacht nicht.
Es hieß darin: Bei Nachtschicht nüchtern
wird zugepackt im Schacht nicht schüchtern!
Er war jedoch im Schacht nicht nüchtern
und andernorts bei Nacht nicht schüchtern.

* * *

Der »blaue Montag« ist viel populärer als »Gründonnerstag«, schon deshalb, weil man ihn öfter mal hat. – Selbst der große Picasso hatte eine blaue Periode.

* * *

Bier her . . .

Wer Gerstensaft mit Hopfen trinkt,
sein Geld gelegentlich versäuft,
leicht schwankend von dem Tropfen hinkt
und auf dem Heimweg sich verläuft.

* * *

Auch der Bierabsatz hat seine zyklischen Krisen. Seit Jahren beobachte ich, daß immer in der Adventszeit die Biergärten schlecht besucht sind. –
Übrigens: Alkoholfreies Bier schmeckt viel besser, wenn man einen Schnaps dazu trinkt.
In Bayern sind die Schneider am besten dran, sie müssen schon berufsbedingt bei jedem Kunden a Maß nehmen.

* * *

Toast zu Walters 65.

Ein Jubilar mit fünfundsechzig
sei guter Dinge und bezech' sich,
soll niemals sich mit Tränen plagen,
sich immer neu mit Plänen tragen. –
Dem Müßiggang im Alter wehren,
das bringt dir, lieber Walter, Ehren!
Wo Freude ist und nicht das Bier rar,
ist auch das Alter tolerierbar.

* * *

Diverse Wahrheiten

Im Wein, da liegt die Wahrheit, klar,
in diesem Punkt stets Klarheit war.
So können Mosel-, Rhein- und Saarwein
divers, doch gleichermaßen wahr sein.

* * *

Sächsischer Trinkspruch

Nicht Rebensaft vom »Weißen Main«,
vom Elbhang trink in Meißen Wein;
denn erst Genuß von Sachsenwein
zeigt Reife und Erwachsensein!

* * *

Reisen und Sport

An den Baum fahren ist der schnellste, aber nicht der einzige Weg zu engerem Kontakt mit der Natur.

* * *

Die Panne

Der Sepp lag fest bei einer Fahrt,
da sprach sein Chef in »feiner« Art:
»Sei doch nicht so schlapp Sepp, eil',
und sorge für ein Abschleppseil!«

* * *

Pflegedienst

Wenn Rudi seinen Laster pflegt,
er drunter sich aufs Pflaster legt.
Die Freundin selbst, die feine, süße,
sieht dann von ihm nur seine Füße.

* * *

Wenn das Auto nicht blitzt und blinkt, ist letzteres das Schlimmere.

* * *

Bestrahlung

Hat leidend man mit Gicht zu leben,
empfiehlt sich, rotes Licht zu geben.
Die Wirkung vieler hundert Watt
man häufig schon bewundert hat.
Sauwohl, wie hierbei klar ersichtlich,
fühlt der Mensch im vollen Licht sich.

Doch Autolicht oft grell ins Land sticht,
das Fernlicht nämlich, nicht das Standlicht,
und manchen Ärger bracht' es nach,
wenn blendend durch die Nacht es brach.
Bestrahlt durch solchen satten Schein
mag lieber man im Schatten sein.

* * *

Fährverkehr

Nur selten leider waren Fähren,
die streng nach Plan gefahren wären,
drum sei'n, ganz pünktlich nie gesandt,
die »Ungefähren« sie genannt.

* * *

Sportlichkeiten

Bei groben Fouls von Manndeckern,
die außerdem noch dann meckern,
wird ein Delikt im Fußball
zu einem klaren Bußfall.
Man hat sich gut im Sport zu führen,
kriegt's andernfalls sofort zu spüren.
So können auch beim Segelfliegen
nicht irgendwelche Flegel siegen,
gehört doch selbst zur Kegelrunde
Fairplay streng nach der Regelkunde.

* * *

Auch beim Pferdesport zählt gründliche Vorbereitung,
da müssen Roß und Reiter gut beschlagen sein.

* * *

Beim Speedway

Fast außer Rand und Band geriet
die Fahrt im Kurvenrandgebiet,
so daß wir oftmals statt der Sandbahn
nur aus Staub ein Wolkenband sah'n.

* * *

Der Torkeeper

Stand seinen Mann beim Eishockey
in Kämpfen wild und heiß, – okay.
Doch sterblich war der echte Recke
bei Schüssen in die rechte Ecke.

* * *

Wenn Schwarze und Weiße rot sehen, hauen sie sich grün und blau!

* * *

Boxer im Formtief

Im Ring neuerdings seine Schläge nicht trafen,
der Trainer rief laut: »Nicht so träge, nicht schlafen!« –
K.o. ging er von einem Schlage tief,
worauf er dann mehrere Tage schlief.

* * *

Mit Eigenschaften, wie Zähigkeit und Härte, verhält sich der Wert eines Sportlers umgekehrt proportional zum Wert eines Rumpsteaks.

* * *

Der Bergsteiger

Der Tag war so ein widrig nasser,
die Flüsse führten Niedrigwasser,
da brach er auf zur steilen Wand,
wo bald er zum Verweilen stand.
Nicht lang er übers Wetter klagte,
sondern das Gekletter wagte!
Der Auftrieb ist dem Steiger eigen,
auf Jungfrau-, Mönch- und Eigersteigen.

* * *

Grippewetter

Wenn einer Grippe fühlend keucht,
weils Wetter unterkühlend feucht,
auf Besserung nur kann der warten,
um loszuziehn mit Wanderkarten.

* * *

Politik und Gesellschaft

Für manche Journalisten ist der Umsatz ein vollständiger Hauptsatz.

* * *

Die Klatschreporterin

Wo andere nach Akten fahnden,
Verfehlungen mit Fakten ahnden,
schürt sie Gerüchte, höchst brisante,
denn Umsatz war's, worauf sie brannte.

* * *

Um es jemandem heimzuzahlen, ist jedes Zahlungsmittel recht.

* * *

Blaustrümpfe

Man war gelehrt, doch wenig weiblich,
hielt nichts von raffinierten Strümpfen,
trug Hose, Hemd und grauen Schlips.

Die Sinneslust aus ihrem Leib wich,
so glichen sie frustrierten Nymphen
voll Stolz auf ihren schlauen Grips.

* * *

Selbst ein Neunmalkluger irrt sich spätestens beim zehnten Mal.

* * *

Schwur der Putzfrau

Will der Boß den Lohn mir drücken,
und im Haushalt drohn mir Lücken,
wird er fühlen meine Rache,
indem ich nicht mehr reinemache!

* * *

Bei »perfekten Hausfrauen« kann man vom Fußboden essen, aber wer will das schon?

* * *

Geldheirat

»Der Mann, der muß der Meine sein,
dann wird auch all das Seine mein!« –
Diesen Plan ersann vermessen
die Frau, die auf den Mann versessen.

Die Gründe aber, die es gab hier,
waren nichts als reine Habgier,
und oft bei einer solchen Heirat
die Frau dann später Schererei hat.

So gab's mehr Ärger halt als Geld,
nur der Mann, der galt als Held,
und mit der Zeit ward dieser Mann
noch geiziger und mieser dann.

Doch bindet man sich drum zu Ehen,
um jeden Pfennig umzudrehen?
Sie wollt' nicht solche Schande leiden
und ließ sich hierzulande scheiden.

* * *

Bei Ehekonflikten gilt es, sich zusammenzusetzen,
um sich auseinanderzusetzen.

* * *

Verdacht mit ungewisser Sicherheit
führt von gewisser Unsicherheit
über unsichere Gewißheit
zu sicherer Ungewißheit.

* * *

Aktionkrimi

Rauschgiftring und heiße Ware,
Polizei kriegt weiße Haare,
Gangster durch die Lande streichen,
Tatbestand: Am Strande Leichen! –
Der Sheriff, einst ein Kellerkind,
im Umkreis jeden Killer kennt,
Diebe, Dealer, Sittenstrolche,
(in Bandenkriegen stritten solche)
und schließlich sprengt er diesen Ring
per Autojagd, ein Riesending!
Er bietet jedem Diebe Schach
mit Schüssen aus dem Schiebedach,
nach dem Motto: Räch' dich, Mann!
muß der Colt hier mächtig ran.

* * *

Im Western, da wird losgelegt!
Gangster haben Brand gelegt,
falsche Spuren ausgelegt,
dann, die Füße hochgelegt,
an Whisky mächtig zugelegt,
Verleumdungen zurechtgelegt
und den Sheriff reingelegt.
Der ist dann schlecht aufgelegt,
Sheriffstern wird abgelegt,
Innenleben bloßgelegt,
Privatkonflikte beigelegt.
Tathergang wird klargelegt,
Schuldbeweise dargelegt,
Rachepläne festgelegt,
Verfolgungsritt zurückgelegt,
scharfes Tempo vorgelegt,
auflauernd sich hingelegt,
die Gewehre angelegt
und die Gangster umgelegt.

* * *

Lieber eine abgespielte Karte, als ein abgekartetes Spiel.

* * *

Inventur

Dem Chef gibt's bei Geschäften Kraft,
wenn er Gewinn nach Kräften schafft,
drum fand er nie am Lesen Spaß,
wenn er von hohen Spesen las.

* * *

Sozialkritik

Das Leben sich im Westen lohnt,
wenn man in Palästen wohnt.
Manchmal aber zu bedauern
sind Arbeiter und auch de Bauern!

* * *

Die im Osten verbreitete Ansicht, alle »Wessis« seien überheblich, ist eine dumme Verallgemeinerung, – ebenso könnte man behaupten, alle Neger wären schwarz.

* * *

Das Kapital

Hammer und Sichel als Wahrzeichen
mußte der russische Zar weichen.
Verstaatlichung stand nun ganz obendran,
das ordnete Lenin da droben an.
Die Welt zu verbessern hat man gedacht,
und staatliche Planwirtschaft dann gemacht.
Später doch gab's ökonomischen Kummer,
und ähnelt es auch einer »komischen Nummer«,
man mußte, genötigt von leeren Kassen,
zur Marktwirtschaft sich bekehren lassen.

* * *

In der DDR gab es keine politisch Schuldigen, selbst die Grenztruppen machten nur gute Minen zum bösen Spiel.

* * *

Arbeit und Soziales

Ein Schaffner muß die Reise begleiten,
Gleisarbeiter Gleise bereiten,
Studenten kaufen Wochenkarten,
die Hausfrau muß beim Kochen warten,
der Doktor viele Wunden heilt,
ein Hirt bei Schaf' und Hunden weilt.
Matrosen nutzen Brandungslücken
beim Anlegen an Landungsbrücken,
der Lotse prüft Fahrtrichtungsdinge,
Klempner wechseln Dichtungsringe.
Der Gastwirt bietet zarte Hähnchen,
ein Kind kriegt erste harte Zähnchen,
den Fernsehstar man gerne fernsieht,
den Chef man nur von ferne gern sieht,
Leibwächter über Leiber wachen,
Komiker freut Weiberlachen.
Beratung gibt's beim Bettenfachmann,
(die besten Tips vom fetten Bachmann)
der Landwirt schließlich baut den Mais an,
Speiseeis verkauft der Eismann,
ein Schausteller zeigt Riesendamen
und fügt sich ein in diesen Rahmen.

Schüttelreime von A – Z mit Stabreimanklängen

A

Anfänger
Fährst Auto du anfangs nicht so ganz astrein,
sei achtsam, halt an und leg' eine Rast ein.

Die Kids
Ahnt man, was alles sie aushecken
abends allein hinter Hausecken?

B

Bücherwurm
Als Bube mit der Fibel Bester,
war bald er ein ganz Bibelfester.

Ablenkung
Die Bange vor Donner- und Blitzwettern
verbanne mit Bildern aus Witzblättern.

C

Chorbaß
Den Cantus vom Choral im Ohr,
tönt Conrads Baß oral im Chor.

Catcherin
Clever war Clärchen von Haus aus,
im Clinch riß sie Härchen von Claus aus!

D

Dichtung und Wahrheit
Der Dichter bringt den Deinen Kunst,
doch da hat mancher keinen Dunst.

Abgeklärt
Doris sprach: »Nein, Dickerchen,
du machst jetzt dein Nickerchen!«

E

Eile mit Meile
Ein einzig Ziel hat meine Eile:
Eisern lauf' ich eine Meile!

Eheverständnis
Einer entscheidet, das sehe ich ein,
drum eben will der in der Ehe ich sein.

F

Freudenschrei

Frohgelaunt rief Fritze: »Hei!
Freut euch Fans, ‘s gibt hitzefrei!«

Fechtunterricht

Franzi Florett schon ganz nett ficht,
ist fit und figürlich zu fett nicht.

G

Gruselfilm

Bei Geisterspuk, gar grausig laut,
es groß und klein ganz lausig graut!

Verwandlungskünstler

Gestern grad noch gräßlich blau,
ist Gerhard heute bläßlich grau.

H

Heeressold

Im Hunnenheer gab’s Haufen Sold,
die Helden war’n dem Saufen hold.

Fernreisen

Ob Hitze oder hundekalt,
hat hier die Wahl der Kunde halt.

I

Irrtum

Ein Immenschwarm einst irrte schwer,
in die Irre schwirrte er!

Kammersänger

Immer wunderte sich Inge,
wie imposant im Bad ich singe.

J

Jugenderinnerung

Jung an Jahren, jene Lust!
Ja, die fehlt der Lene just.

Bayrische Bauernregel

Läßt Juliglut die Jauche brodeln,
kann jeder nach dem Brauche jodeln!

K

Kleptoman

Kürzlich ward die Klage laut,
daß Karl in jeder Lage klaut!

Künstleraura

Im Klo selbst ist ein Kunstpreisträger
noch kreativ als Dunstkreispräger.

L

Lady Macbeth
Durch Ladys lüsterne Mordlust
das Leben lassen der Lord mußt'!

Lachmöwen!
Aus Lehrbüchern lernt man, was Löwen machen,
man liest leider nie, warum Möwen lachen?

M

Marotten
Mancher Mensch mag Mäuse leiden,
möcht' möglichst aber Läuse meiden.

Ballerinen
Müh'n sie auch meistens die Musen verbissen,
Männer doch manchmal die Busen vermissen.

N

Nachbesserung
Nachts ihr Chef sich nobel zeigt,
und Nanni nun zu Zobel neigt.

Hotelzimmer
Null null besagt mit Nummern schlicht:
Zur Nutzung frei, zum Schlummern nicht!

O

Opas Geburtstag
Oma wünscht: Noch oft sei's,
daß Opa schmeckt das Softeis.

Ein Mann, ein Wort!
Oftmals zweifelt bei Otto man
obenstehendes Motto an.

P

Pummelchen
Paula, proper, prall und dicklich,
pubertiert jetzt drall und picklig.

Auf dem Laufsteg
Wenn Petra nicht die Hose paßt,
sie prompt gleich jede Pose haßt.

Q

Quizfrage
Quirlig er zur Quelle stakt
und quasi auf der Stelle quakt?

Quo vadis?
Als Quacksalber zog er durch Querfurt,
durch Quedlinburg und quer durch Erfurt.

R

Revierrechte
Nach Raupen geht der Specht auf Reise,
hat ringsherum ein Recht auf Speise.

Berauschende Seefahrt
Riesige Wellen und Rum
berauschen den Seemann rundum.

S

Sturz
Weil Susi schlecht die Schleppe trug,
sie stolpernd auf die Treppe schlug!

Nachtwächter
Schulze, vorn im Sitz der Wache,
schläft, – das ist der Witz der Sache.

T

Tatzenspur
Traudel, die tierliebe Katzentante,
auch tüchtige Kratzer von Tatzen kannte!

Tingeltangeltarife
Tanzen Girls tipptopp im Takt nun,
wird's teurer, wenn sie's total nackt tun.

U

Unterm Pantoffel
Der Uschi völlig untergeben,
unmöglich ist der Gunter eben.

Knecht Ruprecht
Unheilvoll schaut Ute rüber,
für Unfug gibt's die Rute über!

V

Verführung
Volker, der versierte,
vornehm Sekt servierte.

B(l)usenschmuck
Vera schmückt mit tollen Veilchen
vorn sich ihre vollen Teilchen.

W

Wutanfall
Der Waldkauz ward in Wut gebracht,
weil's Weib nicht bei der Brut gewacht!

Nächtliche Kolik
Wenn wildes Weh im Darm dich weckt,
ein Wickel wirksam warm dich deckt.

Z

Zechkumpane

Kein Zaster mehr, vom Zechen blank,
zwingend folgt beim Blechen Zank!

Zuspruch

Zum Zahnarzt geh', nicht planlos zaudern,
sollst zukünftig nicht zahnlos plaudern!

Limericks leicht geschüttelt

Stichtag

Die elenden Mücken bestücken mich
mit manch einem juckenden Mückenstich.
Ich will sie erschlagen
für all diese Plagen,
aber die Biester verdrücken sich.

Zum Heulen

Heulen die Hunde so gräßlich,
des Nachts oft im Grunde so häßlich,
weil Vollmond sie stört,
die Sinne betört?
Man weiß es bis heut' nicht verläßlich.

In memoriam

Es war mal im Raum von Graubünden
'ne Brücke gesperrt aus Baugründen.
Von denen, die dachten,
es nicht zu beachten,
weiß dort eine Tafel zu künden.

In vino veritas?

Es ist mancherorts schon passiert,
daß Winzer den Wein präpariert'.
Dort war dann ein Wein rar,
der wirklich mal rein war,
der Ruf war total ruiniert.

Miss-Wirtschaft

Es war mal ein Fräulein in Wismar,
und Bardame dort diese Miss war.
War'n alle blau,
panschte sie schlau,
so daß es ein großer Beschiß war!

Ein- und Aussichten

Ein Einbrecher meidet die Sichtnähe
und hofft vielmehr, daß man ihn nicht sähe;
denn wär' er zu fassen
beim Leeren der Kassen,
er bald sich vielleicht vor Gericht sähe!

Sponsoren

Leute mit kleineren Guthaben
den Armen einst Geld in den Hut gaben.
Heut' spenden die Reichen,
um Steuern zu streichen,
und weil auf den Fiskus sie Wut haben.

Drückende Schwüle

Sonne im Wechsel mit Schauerbö'n
findet vor allem der Bauer schön,
belastend dagegen,
das läßt sich belegen,
ist für die Menschen auf Dauer Föhn.

Wetterbedingte Sprünge

Beim Weitspringen Nässe und Seitenwind
sehr nachteilig für große Weiten sind,
und Nachteile auch,
so zeigt es der Brauch,
beim Seitensprung nicht zu bestreiten sind.

Zimmer frei

Die Wirtin, verwitwete Sandmann,
gehörte dem neureichen Stand an.
Ein Jüngling mit Handstrauß
war scharf auf ihr Strandhaus
und hielt bei ihr um ihre Hand an.

Stammhalter?

Den Meiers, die wirklich kein kleinlich' Paar,
wurde dann doch etwas peinlich klar:
Ihr Großer, der Henner,
liebte nur Männer,
und Nachwuchs da nicht sehr wahrscheinlich war.

Zahlkellnerin

Im Tanzlokal, wo ich zur Zeit mal
gelegentlich für meine Maid zahl',
kassiert nach der Mahlzeit
so eine Zahlmaid,
mit der wär' ich auch gern zu zweit mal.

Stelldichein

Er wollte bei ihr diese Nacht sein,
und sie sagte nur noch ganz sacht: »Nein« . . .
Da war er der Meinung,
nach solcher Verneinung
könnt' baldigst die Sache vollbracht sein.

Limericks ungeschüttelt

Marke »Solingen«

Es war mal ein Jüngling, ein kesser,
der meinte, er wüßte es besser:
Auch Solinger Frauen,
(er sprach's im Vertrauen)
wären so scharf wie die Messer!

Mythologische Beziehungen

Zeus konnte Leda sich nah'n
durch einen listigen Plan. –
Da summte sie leise
die »Lohengrin«-Weise:
»Nun sei bedankt, lieber Schwan.«

Die Hosenrolle

Irene hat einen famosen Mann,
der zu ihr paßt und gut kosen kann.
Dies aber Fakt ist:
Selbst wenn sie nackt ist,
hat sie doch immer die Hosen an!

Entsagung

Von Männern enttäuscht, stand der Wille
ihr nur noch nach einer Destille.
»Nie mehr«, schwor sie da,
»kommt ein Mann mir zu nah!«
Sprach es und schluckte die Pille.

Feine Dame

Beim Einkauf noch blieb Frau von Hagen
sehr vornehm in sprachlichen Fragen.
Sie pflegte geziert
und leicht indigniert
statt Puff- stets Bordellreis zu sagen.

Leergut?

Sind Weinflaschen einmal geleert,
schätzt man gering ihren Wert,
beurteilt zu Recht
dieselben leer schlecht.
Leer gut ist begrifflich verkehrt.

Die Zeitungsente

Kaum schrieben Reporter es nieder,
erwies es als Ente sich wieder.
Statt solcherlei Stuß
ist doch der Genuß
gebratener Enten solider.

»Das wohltemperierte Klavier«

Ein Mann, der die Noten nicht kannte,
erbt ein Klavier von der Tante.
Damit das Klavier
er »wohltemperier'«,
kokelt er, bis es dann brannte!

Familientreff

Man fragte sich, weshalb die Base
so schnell durch den Korridor rase?
Da wußten die Nichten
gleich zu berichten,
sie hätt' eine sehr schwache Blase.

Der Barrenturner

Er übt eine Kür sich mit Fleiß ein,
verzichtet auf Bier und auf Eisbein.
Ist's Glück ihm dann hold
beim Wettkampf um Gold,
ein Goldbarren sollte sein Preis sein.

Antihaltung

Er stellte sich immer dagegen,
ganz gleich gegen was und weswegen.
Als Sammlernatur
war ihm daher nur
an Anti-Quitäten gelegen.

Dichter von und zu

Bei Achim von Arnims Geschlecht
bestand so ein Titel zu Recht.
Doch bei Fon tane
war, wie ich ahne,
der Adel wohl nicht so ganz echt.

Abarten

Wenn wir die Oper nicht hätten,
hätten wir nur Operetten.
So hat man in Spanien
statt der Kastanien
nur diese Kastanietten.

Ganz prinzipiell

Mit Grundsätzen sei nicht penibel,
was heut gilt, ist morgen von Übel.
Die Zeiten sind hektisch,
drum denk' dialektisch
und sei prinzipiell stets flexibel!

© Erwin Döring, Fotografiker, Dresden

Klaus Bender kann ab dem Jahre 1934 geburtsurkundlich belegen, ein »Echter Nordhäuser« zu sein, wobei er das gleichnamige Getränk auch zu schätzen weiß.
Nach dem Abitur absolvierte er ein Studium für Musikerziehung mit anschließender »Verbüßung« von zwei Jahren Schuldienst. Es folgten mehrere »Wanderjahre« an verschiedenen Theatern, bis sich 1968 ein Engagement an den Staatstheatern Dresden, später Semperoper, ergab. Dort war er bis 1997 als Solorepetitor tätig.
Sein ständiger Wohnsitz mit Familie war immer Freiberg.
Seit 1970 verbindet ihn eine enge Zusammenarbeit mit Gunther Emmerlich, für den er Texte schreibt und die musikalische Begleitung bei allen Live-Konzerten übernimmt.
Schon immer hatte Klaus Bender eine Vorliebe für die Randgebiete der Literatur, für Ulk und Wortspiele aller Art, dabei besonders für Schüttelreime. Im Lauf der Zeit ist eine kleine Sammlung eigener Verse entstanden. – Er wünscht sich, es möge allen Lesern am unnötigen Ernst fehlen und sich der nötige Spaß einstellen!